1866 (Janvier 25-27)

COLLECTION NADAR

OBJETS D'ART

ET

DE CURIOSITÉ

Tous les objets composant la collection de M. Nadar portent leur numéro d'inscription sur cette estampille :

VENTE

HOTEL DROUOT, SALLE N° 1

Les Jeudi 25, Vendredi 26 et Samedi 27 Janvier 1866

A 1 HEURE 1/2 PRÉCISE

EXPOSITION PUBLIQUE

LE MERCREDI 24 JANVIER 1866, DE 1 A 5 HEURES

COMMISSAIRE-PRISEUR	EXPERTS
Me BOUSSATON	MM. MANNHEIM
7, rue Le Peletier.	10, rue de la Paix.

Mr Meraux 3 r St george

IMPRIMERIE J. CLAYE
PARIS

CATALOGUE

DES

OBJETS D'ART

ET DE CURIOSITÉ

Faïences anciennes des fabriques italiennes de Delft, et autres; très-curieuse réunion d'Assiettes, de Plats, de Théières et de Tasses en ancienne porcelaine de Chine, à décors européens, dite *Chine de commande;* Porcelaine de Saxe, de Chine et du Japon; Verrerie de Venise; Objets en filigrane d'argent; CHRIST ANDROGYNE en bois sculpté XVe siècle; même sujet sur porcelaine de Chine XVIIe siècle; Sculptures en bois et en ivoire; Terres cuites; grands Plats en cuivre repoussé; grandes Glaces à bordures très-riches en bois sculpté et doré; Meubles en marqueterie; Piano-orgue de Herz et d'Alexandre; Lustres flamands; Tapisseries, etc.

COMPOSANT

LA COLLECTION DE M. NADAR

ET DONT LA VENTE AURA LIEU

HOTEL DROUOT, SALLE N° 1

Les Jeudi 25, Vendredi 26 et Samedi 27 Janvier 1866

A UNE HEURE ET DEMIE

Tous les objets composant la collection de M. Nadar portent leur numéro d'inscription sur cette estampille :

PAR LE MINISTÈRE DE Me **BOUSSATON**, COMMISSAIRE-PRISEUR
RUE LE PELETIER, 7

ASSISTÉ DE **MM. MANNHEIM**, EXPERTS, 10, RUE DE LA PAIX
Chez lesquels se trouve le présent Catalogue.

EXPOSITION PUBLIQUE

LE MERCREDI 24 JANVIER 1866, DE 1 A 5 HEURES

1866

CONDITIONS DE LA VENTE

Elle sera faite au comptant.

Les adjudicataires payeront, en sus des enchères, cinq pour cent applicables aux frais.

DÉSIGNATION DES OBJETS

FAIENCES DE DELFT

1. — Tableau carré, représentant un sujet de marine peint en camaïeu bleu.

2. — Tableau analogue à celui qui précède; marine décorée en camaïeu bleu, rehaussée de jaune d'or.

3. — Sujet de marine peint en couleur et rehaussé d'or, avec bordure décorée en or sur fond gros bleu.

4. — Deux plaques de forme carré long, représentant des sujets de marine peints en camaïeu jaune.

5. — Deux petits tableaux ; marines peintes en camaïeu bleu.

6. — Plaque carrée, à sujet de paysage avec figures peint en camaïeu bleu.

7. — Tableau de forme contournée, avec encadrement, composé d'ornements en relief et décoré d'un sujet champêtre avec figures et animaux, peint en camaïeu violet.

8. — Plaque de forme carré long, décorée d'un paysage avec figures, peint en camaïeu jaune.

9. — Plateau de forme carré long, décoré en camaïeu bleu et représentant un sujet champêtre, avec bordure d'ornements.

10. — Deux plaques de forme contournée, décorées de sujets champêtres peints en camaïeu bleu ; l'un d'eux a un encadrement en relief décoré en couleur.

11. — Deux tableaux de forme contournée se faisant pendants. Ils sont décorés de paysages avec figures en camaïeu bleu.

12. — Deux tableaux à sujets peints en camaïeu bleu et à encadrements en relief, décorés en couleur.

13. — Deux tableaux peints en camaïeu bleu, représentant des sujets champêtres, avec bordures d'ornement.

14. — Deux plaques carrées, à sujets de personnages peints en camaïeu bleu.

15. — Plaque de forme contournée, représentant le buste du prince d'Orange et de Nassau, peint en camaïeu brun et bleu.

16. — Plaque de forme carré long, représentant un personnage peint en camaïeu bleu.

17. — Plaque de forme contournée, à décor polychrome : Moïse sauvé des eaux.

18. — Plaque de forme contournée, décorée d'un sujet de personnages peint en camaïeu bleu.

18 *bis*. — Plaque, encadrement rocaille polychrome, décoré d'une armoirie et daté de 1761.

19. — Deux plaques contournées en faïence, décor polychrome, l'une sujet fleurs et oiseaux, l'autre, intérieur avec personnages.

20. — Deux plaques dont une en décor manganèse, sujet musiciens, l'autre peinte en bleu sur fond jaune : dame à éventail.

21. — Deux plaques avec charade hollandaise écrite, et l'autre avec commandements de l'église.

22. — Trois plaques dont deux contournées, décorées en polychrome et l'une en camaïeu bleu.

23. — Trois plaques, dont deux cages d'oiseaux et la troisième à encadrement rocaille, le tout en polychrome.

24. — Petit tableau, sujet flamand en polychrome.

25. — Deux petites plaques contournées, cadre polychrome, sujet bleu.

25 *bis*. — Tableau carré, cadre ornementé, sujet historique.

26. — Deux petites plaques ovales, à encadrement, sujet camaïeu bleu.

27. — Deux petites plaques ovales, à encadrement, sujet camaïeu bleu.

28. — Deux petits tableaux à encadrement polychrome, sujet camaïeu bleu.

29. — Petit tableau ovale à décor polychrome : Vierge en relief.

30. — Tableau carré : Vierge à l'Enfant, en relief, et un poisson camaïeu bleu.

31. — Saladier en camaïeu bleu, richement décoré, ange au milieu.

32. — Assiette, décor camaïeu bleu, sujet allégorique.

33. — Deux assiettes : le roi Guillaume III avec son épouse. en camaïeu bleu.

34. — Une assiette représentant la mise au tombeau. peinture fine en camaïeu bleu.

35. — Une assiette représentant la mise au tombeau, peinture fine en camaïeu bleu.

36. — Deux plaques en décor polychrome : oiseaux en cage.

37. — Beau plat, imitation chinoise en polychrome, deux figures mandarines.

38. — Belle assiette, décor polychrome, deux mandarins.

39. — Une grande cage d'oiseaux, polychrome.

40. — Deux grandes cages d'oiseaux, polychrome.

41. — Deux brosses décorées en camaïeu bleu : histrion dansant.

42. — Deux brosses, décor polychrome : chasseur du XIIe siècle.

43. — Deux petits tableaux polychromes, personnages du XVIIIe siècle.

44. — Tableaux carré long, en camaïeu bleu, femme debout.

45. — Belle assiette, vert, or et rouge : millésime 1747. stathouder couronné, avec sa femme.

46. — Belle assiette armoriée, polychrome et dorure.

47. — Curieuse assiette : deux tambours fumeurs.

48. — Deux assiettes, décor polychrome et dorure, sujet chinois.

49. — Deux assiettes, décor polychrome, dorure, fleurs.

50. — Grand plat, polychrome.

51. — Grand plat, polychrome.

52. — Grand plat creux, sujet historique (le pendant est dans la collection de M. de la Villestreux).

53. — Grand plat camaïeu bleu à portrait, représentant la femme du stathouder.

54. — Tableau composé de seize carreaux, paysage hollandais, encadré, camaïeu bleu.

55. — Deux plaques carrées polychromes, personnages, beaux d'émail.

56. — Deux assiettes, décor camaïeu bleu.

57. — Deux petits cavaliers, homme et femme, polychrome.

57 *bis*. — Enfant au berceau, polychrome.

58. — Quatre fruits, décor nature.

59. — Ganiture de cinq potiches, camaïeu bleu.

60. — Petit patineur avec traîneau, décor polychrome.

61. — Vache et petit groupe, statuette en polychrome et camaïeu bleu.

62. — Petite statuette polychrome : enfant au tonneau.

63. — Un cheval sautant une barrière, polychrome.

64. — Beurrier, décor polychrome et or.

65. — Fraisier percé à jour, décor polychrome.

66. — Deux coquilles, décor polychrome.

67. — Trois souliers, camaïeu bleu et polychrome.

68. — Un pot, dit Stortebecker (à secret), en camaïeu bleu.

69. — Un pot, dit Stortebecker, garni de métal, détail superfin.

70. — Compotier, feuilles, décor naturel et petit tableau représentant un ange, polychrome.

71. — Garniture de cinq potiches, intactes, camaïeu bleu.

72. — Tableau encadré en jaune, sujet marine, camaïeu en bleu.

73. — Deux plaques octogones, sujet marine, camaïeu bleu.

74. — Trois assiettes, dont deux, paysage animé, camaïeu bleu, et la troisième, calvaire.

75. — Deux assiettes, décor ornement rouge et bleu, riche.

76. — Fraisier percé à jour, décor camaïeu bleu, et une grande plaque, polychrome, représentant une pendule.

77. — Tableau en camaïeu bleu, représentant un paysage.

78. — Assiette en polychrome : vue d'intérieur d'un ménage hollandais.

79. — Plateau octogone, bas-relief, décor jaune et bleu, représentant le baptême du Christ.

80. — Deux plaques contournées, en polychrome, l'une marquée 1717 et décorée du portrait du stathouder.

81. — Grand plat Delft, décoré de dragons, vert, jaune et bleu.

82. — Plat polychrome, portrait de la jeune stathouder.

83. — Plat polychrome, portrait du stathouder.

84. — Deux compotiers : enfant au berceau, décor polychrome, bordures à jour.

85. — Belle plaque, bord contourné, rocaille, sujet peint en camaïeu bleu.

86. — Plaque, bord contourné, Amphitrite en camaïeu bleu.

87. — Plaque, bord contourné, polychrome, représentant les armoiries de la famille Anokke. — Millésime 1763.

88. — Plaque, bord rocaille en manganèse, camaïeu bleu, Christ sortant de l'eau.

89. — Grande plaque, bord contourné vert, sujet camaïeu bleu, marine.

89 *bis*. — Botte d'asperges formant boîte, décor nature.

90. — Deux assiettes camaïeu bleu, décorées de portraits de roi et de reine.

91. — Deux assiettes, décor polychrome.

92. — Deux assiettes, décor polychrome, prince d'Orange.

93. — Deux assiettes, décor polychrome, prince d'Orange.

94. — Deux assiettes, décor polychrome, prince d'Orange.

94 *bis*. — Perroquet perché sur un cercle, décor polychrome.

95. — Grand plat en terre cuite de Hollande, décoré à l'engobe et gravé. — Sujet comique contre le tabac avec inscription hollandaise, millésime 1724, et le nom du potier : Albert Murs.

FAIENCES ET TERRES CUITES ALLEMANDES.

96. — Plat goudronné, décor polychrome, médaillon paysage de la fabrique de Nuremberg, marqué Pessinger, 1727.

97. — Pot en faïence de Nuremberg de la fabrique de Martz, décoré en camaïeu bleu et monté en étain.

98. — Canette, décor polychrome et à relief, monté d'étain.

99. — Canette, décor polychrome et à relief, monté d'étain.

100. — Deux bas-reliefs en terre cuite de Nuremberg du xvie siècle, deux guerriers, décor polychrome.

101. — Deux bas-reliefs en terre cuite de Nuremberg du xvie siècle, Adam et Ève.

102. — Deux bas-reliefs en terre cuite de Nuremberg du xvie siècle, Charles-Quint et l'Impératrice.

103. — Plat carré de la fabrique de Martz, de Nuremberg— 1712. — Huit en camaïeu bleu, un sujet de combat de cavaliers.

105 — Plats en terre cuite de l'École suisse, représentant un cheval archéologique.

105 *bis*. — Pot en camaïeu bleu, monté en étain, et deux petites assiettes en polychrome.

FAIENCES ANGLAISES.

106. — Deux assiettes de la fabrique de Turner, décoré pour la Hollande, portraits de stathouder.

107. — Deux assiettes de la fabrique de Turner, décoré pour la Hollande, portraits de stathoudes.

108. — Deux assiettes de Turner, Baptême et Confirmation.

109 — Trois assiettes : la 1re Notre-Dame de Kevelaar, la 2e le Calvaire, la 3e Lavement de pieds.

110. — Deux assiettes, dont une, Notre-Dame de Kevelaar, et l'autre, portraits du prince d'Orange et de sa femme.

111. — Une assiette, caricature du prince d'Orange.

112. — Une assiette, la Fuite en Égypte.

113. — Deux assiettes, sujet marine, en polychrome.

114. — Deux assiettes, sujet marine, en polychrome.

115. — Deux assiettes, sujet marine, en polychrome.

116. — Deux assiettes, une, vierge de Kevelaar, et une armoriée.

117. — Deux assiettes, dont l'une représente l'enfant prodigue à son retour, et l'autre, un mariage.

118. — Deux assiettes, dont une marine, et l'autre, le prince d'Orange avec sa femme.

119. — Deux assiettes, dont une, prince d'Orange avec sa femme, l'autre, Sacrifice d'Abraham.

120. — Cafetière, décor Louis XV.

121. — Quatre pièces, décor rouge et vert, garniture de cabaret.

122. — Deux pièces, décor rouge et vert, garniture de cabaret.

123. — Deux pièces, décor rouge et vert, garniture de cabaret.

124. — Un crachoir, décor rouge et vert.

GRÈS ALLEMAND

125. — Une cruche en grès rhénan bleu et gris du XVIe siècle.

126. — Un pot à tabac en grès rhénan de Creussen émaillé jaune, bleu et rouge.

127. — Un pot à tabac, grès blanc rhénan. — Un ours.

128. — Un pot à tabac, grès blanc rhénan,

129. — Un pot à tabac, grès blanc rhénan.

130. — Un pot à tabac, grès blanc rhénan.

130 bis. — Un encrier, grès bleu de Cologne du XVIe siècle.

FAIENCES FRANÇAISES

131. — Statuette de Turc, terre cuite, Bernard de Palissy.

132. — Une gourde, faïence de Nevers.

133. — Console en faïences de Rouen, polychrome, mascarons et autres bas-reliefs.

134. — Une paire d'appliques flambeaux en faïence de Menecy, près Corbeil, décor en polychrome, anges bouffis en relief, avec la monture cuivre, — pièce excessivement rare.

135. — Petit service, plateau avec ses neuf pots de crème complet, en faïence de Marseille.

136. — Pot en terre cuite émaillé, signé Pascal.

137. — Pot en terre cuite émaillé, d'Avignon.

138. — Une assiette de Nevers, jeu de paume, beau décor en polychrome.

139. — Grand plat ovale festonné avec papillons, polychrome, en faïence de Marseille.

140. — Tête de satyre en faïence de Marseille, polychrome, personnage et animaux.

141. — Deux béliers avec agneau au couvercle, faïence de Nevers, marqués sous le pied, A; pièce unique.

141 *bis.* — Beau plateau de faïence de Niederviller, imitation bois et vieille gravure.

142. — Une paire de grands supports en faïence française, au feu de reverbère.

142 *bis.* — Flacon, sirène en faïence de Nevers, décor camaïeu bleu.

143. — Grand plat rond de Nevers, décor polychrome, de la première époque, sujet chasse.

143 *bis.* — Assiette faïence de Nevers, décorée en manganèse, bleu et jaune, figures et armoiries de la famille Plampin.

FAIENCES ITALIENNES

144. — Fabrique d'Urbino. — Coupe ronde à bossage, décor polychrome, et représentant Adam et Ève dans le paradis, XVIe siècle.

145. — Même fabrique. — Coupe ronde, décor polychrome, et représentant Jupiter et Léda, XVIe siècle.

146. — Fabrique de Castel-Durante. — Petit plat rond décoré de trophées peints en camaïeu bleu, rehaussé de rouge et de jaune.

147. — Fabrique d'Urbino. — Grand plat rond décoré de figures et d'animaux peints en couleur.

148. — Même fabrique. — Trois coupes décorées de grotesques et de figures en couleur.

149. — Même fabrique. — Grand plat décoré de figures dans un paysage.

150. — Fabrique de Montelupo. — Deux plats décorés de figures en couleur.

150 *bis*. — Un grand vase polychrome.

151. — Fabrique d'Urbino. — Deux petit plats ronds décorés en couleur; l'un d'eux représente une figure d'amour; l'autre, Daphné changée en laurier.

152. — Même fabrique. — Petit plat rond décoré en couleur et représentant Adam et Ève tentés dans le paradis; — encadré.

153. — Petit plat rond représentant un personnage assis dans un parc et jouant de la mandoline. Il porte la date de 1564.

154. — Deux vases à couvercles, à deux anses et à goulot, décorés de feuillages verts et d'ornements en camaïeu jaune.

155. — Deux vases en forme de cornet, décorés en couleur.

156. — Deux vases, forme seau, décor polychrome.

157. — Fabrique de Castelli. — Plat rond décoré en couleur, représentant Judith et Holopherne.

158. — Même fabrique. — Deux petits plats décorés de figures et de rinceaux en couleur.

159. — Même fabrique. — Deux petits plats; l'un d'eux représente un paysage, et l'autre des figures d'amours.

160. — Même fabrique. — Deux plats décorés de figures au centre, de rinceaux et d'amours au bord.

161. — Fabrique italienne. — Plat rond, sujet représentant le Christ en croix entre deux saints personnages.

162. — Fabrique de Savone. — Un plat décoré en camaïeu bleu, fleuve couché.

163. — Deux plats de Savone, camaïeu bleu et polychrome.

164. — Fabrique de Gênes. — Plat rond, représentant un paysage avec ruine et portant un blason armorié.

165. — Deux plats en faïence de Gênes, décor camaïeu bleu et marqués du phare.

166. — Un tableau carré à décor polychrome, le martyre de saint Sébastien.

167. — Tableau carré, un saint en prière.

168. — Bénitier avec figures d'anges et têtes de chérubins, en relief et décor en couleur.

169. — Petit plat rond décoré d'animaux et de feuillages à reflets métalliques. Fabrique hispano-arabe.

170. — Deux vases en forme de hibou, et dont la tête tient lieu de couvercle.

171. — Deux plateaux garnis de coquetiers, en faïence italienne, à décor polychrome.

172. — Carreau en faïence de Castelli, décoré en polychrome, paysage animé de figures.

173. — Cafetière en faïence italienne de Naples, décorée en en couleurs, sujet de chasse.

174. — Deux plats en faïence italienne, garnis d'olives, d'amandes, de figues et d'œufs coupés.

175. — Deux flacons, sirènes en faïence napolitaine, décor polychrome.

176. — Deux pots en faïence napolitaine.

177. — Assiette en faïence de Gênes, à armoiries, avec le phare de Gênes.

178. — Deux assiettes faïence italienne, décor polychrome.

179. — Coupe, faïence italienne, décor polychrome, porte-drapeau.

180. — Deux consoles, têtes de satyres, décor polychrome.

181. — Grande coupe en faïence de la côte de Gênes, décor polychrome.

FAIENCES BELGES

182. — Plat, décor polychrome, sujet allégorique et marqué C-L. W.

183. — Deux petits plateaux en terre de pipe, décor sur fond bleu, sujet antique, marqué C.-L. W.

184. — Une assiette représentant un tambour. — Décor polychrome.

185. — Grande canette à bière, satyre et enfant, décor polychrome.

186. — Un pot des Iles Ioniennes, décor polychrome, avec inscription en grec moderne.

187. — Poterie étrusque.

188. — Un plat de faïence persane.

PORCELAINES DE CHINE, DU JAPON ET DE L'INDO-CHINE

189. — Grand et beau plat en ancienne porcelaine de Chine, décoré de fleurs, d'oiseaux et d'ornements en émaux de la famille verte.

190. — Deux plats en porcelaine de Chine, décorés de paysages et d'ornements émaillés en couleur, marqués à l'oiseau de Fô.

191. — Plat rond et festonné, portant au centre un blason et dont le bord est décoré de figures et d'ornements; le tout émaillé en couleur.

192. — Plat rond en porcelaine du Japon, décoré de figures, d'animaux, etc., émaillés en couleur.

193. — Plat rond, portant un blason au centre et dont les bords sont décorés de fleurs en rouge de fer et or.

194. — Garniture de cinq pièces : potiches et cornets, en ancienne porcelaine du Japon, décorés d'arbustes et d'oiseaux en camaïeu bleu.

195. — Deux plats en porcelaine du Japon, décorés de figures. de fleurs et d'ornements en camaïeu bleu, l'un Japon *de commande* représentant un Bacchus.

196. — Plat rond en porcelaine de Chine, présentant un écusson armorié au centre et des fleurs décorées en or.

197. — Une gourde Japon, décor bleu.

198. — Une gourde Japon, décor bleu.

198 *bis*. — Une gourde Japon, décor bleu.

198 *ter*. — Une gourde Japon, décor bleu.

199. — Cinq plats en ancienne porcelaine de Chine, décorés en couleur à armoiries ou sujets européens.

200. — Trente compotiers en ancienne porcelaine de Chine, Japon et Indo-Chine, à sujets *européens*, très-curieux, décorés en couleur et en camaïeu. Ils seront vendus par deux.

200 *bis*. — Six assiettes Japon *de commande* : caricatures contre la banque de Can.

201. — Cent soixante-dix-huit assiettes en ancienne porcelaine de Chine, Japon et Indo-Chine, décorées en couleur et représentant des sujets européens et des armoiries, sujets mythologiques et chrétiens, vues, marines, caricatures, contes de Lafontaine, etc., etc. Cette collection, très-intéressante par sa bizarrerie et par le nombre de ses pièces, sera vendue par lots.

202. — Environ quatre cents tasses, soucoupes, bols, théières, pots à crème, sucriers, plateaux, boîtes à thé, etc. Le tout en ancienne porcelaine de Chine à *décors européens* émaillés en couleur. Deux services complets. Tasses assorties. — Le tout, par lots.

203. — Grand bol en porcelaine de l'Inde à attributs franc-maçonniques décorés en couleur.

PORCELAINES D'ALLEMAGNE

203 *bis*. — Deux assiettes porcelaine française, têtes de femmes, décor riche or et polychrome.

204. — Une statuette en porcelaine de Ludwigsburg : marchand de raisin, marqué au-dessous du pied.

205. — Une statuette en Ludwigsburg, napolitaine.

206. — Une statuette en porcelaine de Frankenthal : jardinier, avec la marque de Charles Théodore.

207. — Une statuette de Ludwigsburg, homme au manchon.

208. — Une statuette de Ludwigsburg, une bacchante.

209. — Une statuette de Frankenthal : dame au manchon, avec la marque Charles Théodore, très-fine.

210. — Une statuette en porcelaine, vieux saxe, représentant Mars.

211. — Une statuette en porcelaine de Saxe : joueur de vielle.

212. — Une statuette en porcelaine de Saxe : joueur de vielle.

213. — Une statuette en porcelaine de Saxe : Minerve.

214. — Une statuette en porcelaine de Saxe : commandeur.

215. — Une statuette en porcelaine de Saxe : femme à la cage.

216. — Statuette de Nimpkemburg, saxe : petit Hercule.
217. — Statuette, de Capo di Monte.
218. — Une paire de statuettes en porcelaine d'Allemagne (— ?...) : un Russe et sa femme.
219. — Pèlerin blanc. sans décor, en porcelaine d'Allemagne.

VERRERIE DE VENISE ET DE BOHÊME.

220-229. — Vingt-huit pièces en verre de Venise et de Bohême, telles que : coupes, flacons. etc. — Ce lot sera divisé.

OBJETS EN FILIGRANES D'OR ET D'ARGENT.

230. — Deux jolis flacons à parfums, à goulots très-élancés et à panses aplaties. Ils sont rehaussés de parties dorées et émaillées à froid. Travail oriental.
231. — Deux coffrets de forme carrée contournée, en filigrane d'argent avec parties dorées, d'une grande finesse de travail.
232. — Petite boîte de forme carré long, en filigrane d'or. d'un travail très-délicat.
233. — Petit éventail chinois en filigrane d'argent.
234. — Chaîne de mariage en argent, à ornements découpés à jour.
235. — Plateau ovale, composé de fleurs et de feuillages en filigrane d'argent et enrichi de pierreries.
236. — Six porte-tasses en filigrane d'argent. Travail oriental.
237. — Bonbonnière ronde en poudre d'écaille, incrustée de filets d'or et jalonnée en or. Époque Louis XV.
238-240. — Six petites boîtes en filigrane d'argent, qui seront vendues séparément ou par deux.

241. — Deux crabes de même travail.

242. — Deux sabliers en filigrane d'argent.

243. — Petit pavillon sur piédouche en filigrane d'argent.

244. — Gobelet à une anse en filigrane d'argent.

245-253. — Quantité d'objets en filigrane d'argent, tels que : médaillons, porte-tasses, colliers, etc., qui seront vendus séparément.

254. — Gobelet à couvercle en argent repoussé, à bustes et ornements.

255. — Deux gobelets en argent repoussé, à fleurs.

256. — Chapelet en filigrane d'argent doré.

257. — Deux pièces : plaque de bracelet et petit vaisseau en filigrane d'argent.

257 *bis*. — Très-grandes boucles d'oreilles flamandes, en or : époque de la domination espagnole.

OBJETS VARIÉS

258. — Crucifié *androgyne*, sculpté en bois de chêne, hauteur 0,82. Couronne en tête, non d'épines, mais imitant l'or et les pierreries enchâssées. Figure de femme, type israélite, barbe d'homme à demi bouclée, mais seulement au-dessous du menton. — Longs cheveux de femme, tombant de chaque côté en une longue boucle jusqu'aux hanches. — Les cheveux comme la barbe, primitivement dorés. — Une guimpe plissée monte jusqu'au cou et couvre les seins, féminins. Tout l'ensemble du costume de femme semble appartenir au XVe siècle, sauf un baldaquin à glands style Louis XIV, qui couvre le ventre. État *très-apparent* de grossesse. — Le crucifié est attaché en croix, non cloué.

259. — Crucifié *androgyne*, décor en noir et or, sur un compotier de Chine, XVIIe siècle. Figure du crucifié, féminine comme ci-dessus, type européen. Barbe au-dessous du menton. La figure est ici presque nue : état de grossesse très-apparent. Pas de clous ni de liens : le crucifié est apposé sur la croix. Sur la joue gauche, huit indications de plaies, neuf sur la poitrine, huit sur l'abdomen. — *Sur la croix, au-dessus de la tête, l'inscription INRII* (sic). — Au pied de la croix, deux saintes femmes, type chinois.

260. — Groupe en bois sculpté : la Vierge tenant son divin fils assis sur son bras gauche; cette pièce a conservé des traces de dorure. Travail du XVIe siècle.

261. — Vase à couvercle, de forme cylindrique, en métal de cloche, présentant au pourtour des personnages en relief. Travail du XVIIe siècle.

262. — Deux figurines bois peint. Comédiens espagnols.

263. — Chauffe-mains en forme de sphère, en cuivre gravé et découpé à jour. Travail vénitien.

264. — Sculpture en bois: le Christ mort sur les genoux de sa mère. Travail allemand.

265. — Deux figurines en bois sculpté et peint : acteurs de la Comédie-Italienne.

266. — Jolie figurine en ivoire sculpté : le Marchand de mort aux rats.

267. — Trois pièces en ivoire sculpté, dont une sphère formée de pièces concentriques découpées à jour. Travail chinois.

268-271. — Neuf plats en cuivre repoussé, à figures, bustes et ornements de diverses dimensions, qui seront vendus séparément.

272-273. — Quatre statuettes en terre cuite dorée, représentant des figures de femmes debout et un groupe qui nous paraît représenter la Charité.

274-277. — Huit groupes et figurines en bois sculpté de diverses époques, qui seront vendus séparément.

280-290. — Quantité d'objets variés, tels que : éventails, candélabres en émail de Chine, cuillers et fourchettes à manches en bois sculpté, cuivres, porcelaines, etc., etc., qui seront vendus par lots.

291. — Le Panthéon Nadar, très-belle épreuve du premier tirage, 1852. (*Confirmé par la signature de l'auteur.*)

MEUBLES ET BRONZES

292. — Grande glace carrée, à biseaux, dans un cadre très-riche en bois sculpté et doré, composé de rinceaux finement sculptés et découpés à jour, et de figurines d'enfants. Travail italien.

293. — Deux grands et beaux miroirs de forme ovale à biseaux dans de très-riches bordures à rinceaux, en bois sculpté et doré, et découpé à jour. Travail italien.

293 *bis*. — Un miroir à biseaux dans son cadre italien.

293 *ter*. — Une glace à biseaux dans son cadre Louis XIV.

293 *quater*. — Un petit cadre italien.

294. — Très-grand cabinet en écaille des Indes, incrusté d'ornements en nacre de perle, de forme monumentale, à colonnes dans les angles, tiroirs sur la face principale et portes sur les côtés; sa table, de même travail, est supportée par quatre colonnes torses et entre-jambes en bois noir : *Vierge de Lima*, peinte à l'huile sur plaque d'argent, formant porte. Travail de Lima.

295. — Grande pendule et son socle-support, du temps de Louis XV, en corne verte, garnie de bronzes et avec musique à carillon.

296. — Bureau en marqueterie de bois à fleurs et ornements. Travail flamand du temps de Louis XVI.

297. — Lustre en cuivre, flamand.

298. — Grande tapisserie de Flandre à sujet champêtre, d'après Téniers : — Les Joueurs de Boule. — personnages nombreux. Très-fraîche.

299. — Piano-orgue avec caisse en bois de palissandre; le piano sort des ateliers de M. Henri Herz et l'orgue de chez MM. Alexandre père et fils.

300-301. — Deux grands lustres flamands en bronze, à vingt-quatre lumières disposées sur trois rangs. Ils seront vendus séparément.

302. — Autre lustre flamand en bronze, à seize lumières, surmonté du double aigle d'Allemagne.

303. — Grand meuble à une porte et côté vitré, en marqueterie de cuivre sur écaille rouge et garni de bronzes. Le fond du meuble est garni d'une glace teintée, et les tablettes sont en glace. Larg. 1 m. 34.

304. — Très-grande armoire à glace à deux portes en marqueterie de cuivre sur écaille rouge, richement garnie de bronzes finement ciselés. Larg. 1 m. 70.

305. — Petit meuble à hauteur d'appui, à deux portes en marqueterie de cuivre, sur écaille rouge et garni de bronzes.

306. — Petit cabinet et sa table-support en bois d'ébène, enrichi de panneaux en bois finement sculptés à figures. Travail flamand du XVIIe siècle.

307. — Deux porte-flambeaux, sujet lis en pots, en saxe *très-fin*. Garnis chacun de trois bobéchons fleurs de lis en bronze doré.

308. — Deux consoles en bois sculpté et doré, à guirlandes de lauriers.

309. — Console en bois sculpté, peinte en vert et dorée en partie, du temps de Louis XV, à dessus de marbre.

310 et suivants. — Objets divers.

PARIS. — J. CLAYE, IMPRIMEUR, RUE SAINT-BENOIT, 7.

RED. :

19

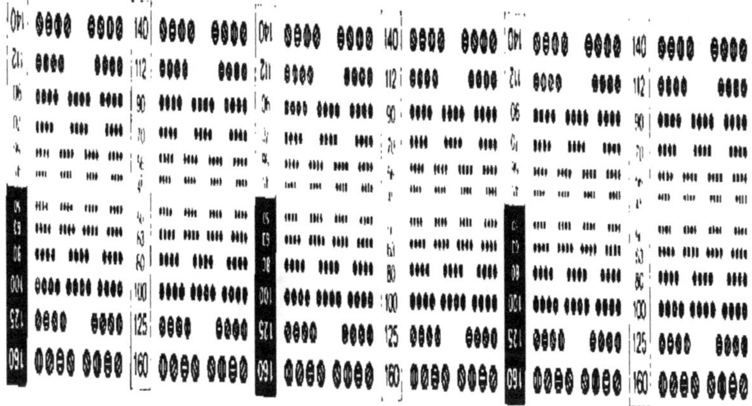

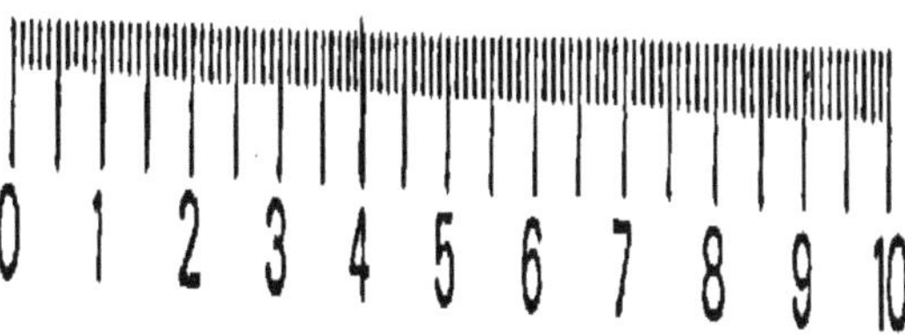
0 1 2 3 4 5 6 7 8 9 10

www.ingramcontent.com/pod-product-compliance
Ingram Content Group UK Ltd.
Pitfield, Milton Keynes, MK11 3LW, UK
UKHW021036260726
13994UKWH00005B/2196

9 782329 312491